Diego Lombardía

Un cementerio de pétalos

Premio Asturias Joven de Textos Teatrales, 2024

Uviéu, 2025

Esta obra obtuvo el Premio Asturias Joven de Textos Teatrales 2024 convocado por la Consejería de Ordenación de Territorio, Urbanismo, Vivienda y Derechos Ciudadanos del Principado de Asturias (Dirección General de Juventud), según fallo del jurado:

Presidente:
Francisco de Asís Fernández Olanda,
director general de Juventud

Vocales:
Aurelio González Ovies, escritor y profesor de Filología Latina en la Universidad de Oviedo; Nohelia Alfonso Sáez, escritora y profesora de Lengua Castellana y Literatura en el IES Carmen y Severo Ochoa (Luarca); Pedro Ignacio Ortega Sanz, director de la Escuela Superior de Arte Dramático de Asturias

Secretaria:
Ana Covadonga Ramón García,
funcionaria de la Dirección General de Juventud

PARA VANCH.

> Si me muero antes que tú,
> planta un árbol en mi tumba.
> Siempre que quieras leer,
> mi sombra será tuya.

La fealdad que en otro tiempo le había parecido odiosa porque hacía las cosas reales, se le volvía ahora querida por esa misma razón.

OSCAR WILDE, *El retrato de Dorian Gray.*

—¿Y por qué es necesario tener valor?
—Porque, cuando haces algo a pesar del miedo que sientes, necesitas tener mucho valor.

NEIL GAIMAN, *Coraline.*

Personajes

DESMOND

RYZE

CUERVO

JASPER

VOCES DE NIÑOS

SOLDADO

ACTO I
TIERRA Y RAÍZ

Escena I

Noche. Lluvia. Un cementerio. En el centro, al fondo, un árbol de dimensiones gigantescas. Está hueco. Parece muerto. A su derecha, una pequeña cabaña con las luces apagadas. A la derecha del todo, una valla.
RYZE entra en escena. Llama con fuerza a la puerta de la cabaña. La lluvia arrecia. Un relámpago. RYZE llama de nuevo.

DESMOND *(Desde el interior):* ¿Quién llama?

RYZE: Agente Ryze, Desmond.

DESMOND *(Desde el interior):* Diablo.

DESMOND abre la puerta. Es un hombre con una severa deformidad en la boca. Su cuerpo es anormalmente grande. Se queda en el quicio.

RYZE: ¿Puedo entrar?

DESMOND: No. ¿Qué necesita, agente?

RYZE: Vengo a informarle personalmente del cargamento que le llegará mañana, Desmond.

DESMOND: ¿Qué maldita hora es?

RYZE: No lo sé. Cállese y escuche. A mí tampoco me gusta estar aquí, vengo en nombre del alcalde. El cargamento de mañana es especial.

DESMOND: Son muertos, agente.

RYZE: El alcalde me obliga a decirle que debe extremar las precauciones con los cadáveres. No debe usar sus manos desnudas. Entiérrelos lo más rápido posible. Tírelos en la fosa común. Bajo ningún concepto debe desenvolver la sábana. Déjeme pasar, Desmond, me estoy empapando.

DESMOND: Aquí solo entramos mis pensamientos y yo. ¿Por qué tantas precauciones?

RYZE: Yo no quería venir, ¿sabe, Desmond? No quería decírselo. Usted no es que sea santo de mi devoción. Ya lo sabe.

Un relámpago. Un trueno.

RYZE: Santo Dios. Pero esos cadáveres, Desmond, llevan la Marca. Son apestados. Entonces, nuestro señor alcalde insistió en que usted debía conocer la gravedad de este asunto. El alcalde le tiene en estima. Al parecer no quiere que un lastre como usted desaparezca.

DESMOND: Y aun así ha venido usted en persona a avisarme de tales desgracias. Por lo cual le estoy enormemente agradecido. ¡Alabado sea el jefe Ryze!

RYZE: Ningún otro podía venir, animal. Solo el médico, el alcalde y yo conocemos la existencia de estos cadáveres. Él se ha quedado el muerto en mejores condiciones para examinarlo. Hasta que la causa no sea determinada con verdadera certeza, la noticia no se hará pública. Usted, Desmond, no merece mi tiempo.

DESMOND: Envíele mis mejores deseos al alcalde, aunque sé que, por supuesto, no lo hará. ¿Habrá funeral de los fallecidos?

RYZE: No lo habrá. No de momento.

DESMOND: ¿Y mi perro?

RYZE: ¿Qué pasa con su dichoso perro?

DESMOND: ¿Saben algo de él?

La lluvia amaina.

RYZE: No, no sabemos nada.

DESMOND: No lo están buscando.

RYZE: Desmond… Me encantaría mentirle y decirle que así es, que su chucho y usted no están en mi cabeza. Sin embargo, como le he dicho, el alcalde le tiene estima. Se enteró de lo de ese sarnoso y siempre pregunta por él. «¿Ha aparecido el perro del señor Benett, señor Ryze?». «No, señor alcalde, seguimos buscando». «Apúrense, muchachos. Ese hombre debe sentirse muy solo allí arriba. Es un buen hombre y ese perro, su mejor amigo». Es un deforme, pienso en decirle, un maleducado y un deforme. Me obligo a callar.

La lluvia cesa.

RYZE: Estamos buscando a su perro, Desmond. Aún no sabemos nada.

DESMOND: Buenas noches, agente Ryze. Ojalá Lucifer le visite esta noche.

RYZE: Lucifer ha muerto, Desmond. Por ello el ejército de muertos que se avecina.

DESMOND cierra de un portazo y apaga la luz. RYZE observa el gran árbol muerto. Pasea la mirada por la fila de lápidas. Echa a andar colina abajo.

RYZE: Su último aliento es el causante de esta enfermedad. Su venganza contra Dios.

RYZE sale.

Escena II

Día. DESMOND *apoyado en un árbol, leyendo. Viste gabardina larga, sombrero calado y una bufanda que le cubre media cara. Ruido de niños. Una piedra. Otra.*

VOCES DE NIÑOS: No le has dado. // ¡Me he puesto nervioso! // Trae aquí, idiota.

Otra piedra. En la cabeza.

DESMOND: ¡Miserables! *(Se levanta).* ¿No puede un hombre leer a solas? *(Agarra una piedra y la lanza de vuelta).* ¡La próxima vez será en la cabeza! Y si os vuelvo a ver por aquí no llamaré al jefe Ryze, no. Me encargaré personalmente de enterraros vivos en una de estas fosas. O quizás arrojaros a la grande, ¡junto a todos los demás muertos!

Risas. Huida.

DESMOND: Condenados críos. *(Al árbol).* ¿Lo has visto? Los jóvenes de hoy en día… Antaño no eramos así, ¿recuerdas? Tú seguro lo viviste. Seguro lo observaste. Desde esta colina se ve todo el pueblo. Yo nunca fui así. Algunos compañeros… En todas las casas hay un Ryze. Pero desde luego… Diablo, cada día vienen distintos muchachos. No había tantos Ryze en mi época, ¿verdad *mon frère*? No…

DESMOND *se sienta a leer. Al instante, una campana.* DESMOND *se levanta.*

DESMOND: Diablo. Ya está aquí. ¿Tienes miedo? Yo tampoco.

DESMOND *sale. Entra arrastrando una carretilla con cuatro cadáveres envueltos en sábanas. Tiene demasiada fuerza.*

DESMOND *(Divertido):* ¿Te lo puedes creer, *mon frère*? ¡Ni me han esperado! Allí han tirado a estos pobres marcados y se han ido. ¡No me quieren ni ver! No soy agradable a la vista, pero sin duda estas ropas me hacen parecer normal. Deberían al menos haberme dado la oportunidad, ¿no crees? Yo creo que sí. A ti y a Mylo no os importa, pero al resto parece que sí.

Dispone la carretilla al lado de la fosa común, tras el árbol.

DESMOND: Más alimento, *mon frère*. Aunque si yo fuese tú, estos los apartaría. Ya ves lo que dijeron anoche. Estúpido Ryze. Toda esta comida y aún no floreces. ¿Qué más necesitas para hacerlo?

Arroja un cadáver.

DESMOND: ¿Quizás debería leerte las novelas en voz alta? Eso quizás te ayude a crecer. A mí, por lo menos, me ayuda.

Arroja un cadáver.

DESMOND: Sé que no estás muerto, *mon frère*. Estar hueco no significa nada. Los abismos más vacíos están llenos de luz. Lo sé.

Arroja un cadáver.

DESMOND: ¿Cuántos años tienes? Siempre me lo pregunto. Intento averiguarlo midiendo a ojo tu envergadura e imaginando los anillos de tu interior… Me es imposible, *mon frère*. Para ser honesto, tampoco recuerdo los míos. ¿Cuántos anillos crees que alberga mi interior?

Arroja el último cadáver.

DESMOND: ¿Treinta? ¿Cuarenta? ¿Dos mil? Siento como si hubiese vivido dos mil vidas en esta cabaña, desde luego.

Mueve la carretilla a través del sendero entre lápidas.

DESMOND: Ojalá tuviese tan buena vista como tú. Ahí arriba debe ser increíble. Y allí abajo debe sentirse uno muy firme. Sí.

DESMOND mueve la carretilla. Se percata de algo.

DESMOND: ¿Quién anda ahí? Vamos, descúbrase. Le he visto, mendrugo. Asómese para que le pueda ver. ¿Quién es usted?

Un niño, CUERVO, se asoma a la valla.

DESMOND: Dichosos críos, ¿seguís aquí? ¿Es que quieres morir enterrado, niño?

CUERVO: No.

DESMOND: Pues lárgate, muchacho. Aquí no hay nada que ver.

CUERVO: ¿Con quién hablaba, señor?

DESMOND empuja la carretilla fuera de escena.

DESMOND: Con nadie, niño. Márchate.

CUERVO: ¿Hablaba con fantasmas?

DESMOND: Hablaba solo. ¿Tú no hablas solo?

CUERVO: No. Mi madre sí.

DESMOND: Qué bien.

CUERVO: Mi madre habla sola después de los ruidos.

DESMOND: ¿Los ruidos?

CUERVO: Oigo ruidos en su habitación y después habla sola. Como si hablase con alguien.

DESMOND: ¿Tienes un padre, muchacho?

CUERVO: No, señor.

DESMOND: Entonces me parece que tu madre tiene algún pretendiente.

CUERVO: ¿Qué son *pestendientes*?

DESMOND: Nada, niño. Anda, ve. Aquí no hay nada que ver.

CUERVO: Mis amigos dicen que es usted un monstruo.

DESMOND: Un monstruo que recibe pedradas de otros monstruos. Eso soy.

CUERVO: No, usted no es ningún monstruo. Los monstruos dan miedo.

DESMOND: ¿No te doy miedo?

CUERVO: No.

DESMOND descubre su cara.

DESMOND: ¿Ni si quiera así?

CUERVO compone una mueca.

CUERVO: No. Solo es un hombre feo. Pero no es un monstruo.

DESMOND ríe.

DESMOND: Por extraño que te pueda parecer, muchacho, eso es lo más bonito que me han dicho en años.

CUERVO: ¿Qué palabra rara le decía a los fantasmas? ¿Los está resucitando?

DESMOND: ¿Disculpa? ¿De qué hablas, niño?

CUERVO: *Men fú.*

DESMOND: ¿*Men… Fú…?* ¡Oh! Te refieres a *mon frère.* Es una palabra en otro idioma.

CUERVO: ¿Y qué significa?

DESMOND: Hermano mío. La leí hace años. Pero no se lo digo a los muertos. Hablo solo, niño.

CUERVO: ¿Qué es usted?

DESMOND: ¿A qué te refieres?

CUERVO: No es un monstruo, pero tampoco un hombre feo. Lo he pensado mejor. Usted es otra cosa.

DESMOND ríe. El niño comienza a mirar al pueblo, entrecerrando los ojos.

DESMOND: No lo sé, muchacho, no sé lo que soy. Lo único que sé de momento es que soy extranjero en mi propio país. Solo por…

CUERVO: ¡Ahí va! Me tengo que ir. Los niños están saliendo del colegio. Mi madre me va a matar si sabe que no he ido.

CUERVO sale corriendo.

DESMOND: ¡No me has dicho tu nombre, muchacho! *(Ríe. Para sí).* Vuelve cuando quieras, hijo. *(Al árbol).* ¿Has visto, *mon frère*? No todo es tan malo. Para algunos, solo soy feo.

Desmond se apoya en el árbol y duerme.
Al rato, Ryze entra en el cementerio y le mira. Mira el árbol. Propina un
punterazo a las piernas de Desmond. Desmond se sobresalta.

Ryze: Despierte, Desmond. Deje de holgazanear.

Desmond: Mi trabajo consiste en estar aquí. La forma en la que esté, ya no es asunto suyo.

Ryze: Todo lo que ocurra en este pueblo es asunto mío, Desmond. La gente espera que todo el mundo trabaje. Lo esperan de Mortimer, el panadero; de Linda, la costurera, y de usted, Desmond. El monstruo.

Desmond: Monstruo o no, mientras no haya cadáveres y las malas hierbas no devoren el camposanto, todo lo que puedo hacer es esperar.

Ryze: ¿Sabe, Desmond? Algún día va a enfermar de tanto apoyarse en este maloliente roble.

Desmond: No es un roble.

Ryze: ¿Y cuál es su naturaleza, pues?

Desmond: Es un cerezo.

Ryze: ¿Un cerezo? Amigo, en mis cuarenta años de vida créame que estos ojos han visto muchos cerezos más allá de la frontera. Para empezar, ninguno de esta envergadura. Es anormalmente grande para ser un cerezo. Además, en esta zona no crecen los cerezos.

Desmond: No. No lo entiende, agente Ryze. Es demasiado grande para ser un cerezo, lo cual no significa que no pueda serlo. Créame, le he dado muchas vueltas a este asunto. Como ve, puedo ocupar mi tiempo en cavilaciones.

Ryze: Le digo, Desmond, que no es un cerezo. Es imposible. Su tamaño grita «soy un roble». Un roble grande y muerto.

Desmond: Le sorprendería la cantidad de cosas que parecen muertas aun palpitando con frenesí, agente. Y dígame, ¿otra vez se preocupa por mi salud? ¿Acaso le han visitado los remordimientos anoche?

Ryze: Nada más lejos de la realidad, Desmond. Dios, nada me gustaría más que enterrarle en la fosa común de ahí atrás. Sin sábana, para que todo el mundo pueda observar esa desgracia que lleva escrita en la cara, y ese cuerpo, combustible para pesadillas. Pero no puedo. Aún. ¿Sabe? Mi trabajo consiste en velar por la seguridad y la salud de todo el mundo. «Todo el mundo» también es usted, desgraciadamente.

DESMOND: Gracias por su preocupación, agente Ryze. Me alegra decirle que, en todos los años que llevo aquí, este cerezo no ha dado señales de propagar enfermedades terribles como la Marca. Sé que está asustado, pero descuide, este árbol no esparce muerte.

RYZE: ¿Cómo está tan seguro de que es un cerezo?

DESMOND: Es una historia que no creería. No pienso contarle algo que luego utilice en mi contra.

RYZE: ¿Tiene algo mejor que hacer?

DESMOND: Cualquier cosa antes que hablar con usted.

RYZE: Adelante, Desmond. Ilumíneme. ¿Una musa le visitó una noche de soledad y se lo confesó? «Es un cerezo. Dígaselo al mundo. Para nada está usted loco». ¿Le trajo las noticias el viento? ¿Quizás otro cerezo se presentó en la puerta y entró gritando «¡hermano!»? No, ya lo tengo. Desmond, lo descubrió porque el propio árbol se lo dijo, ¿verdad? ¿Hablas con los árboles, Desmond?

DESMOND: ¡Basta! *(Se levanta).* Déjese de estupideces, agente. Por supuesto que no hay musas, ni hermanos cerezos, ni conversaciones con árboles. Le diré lo que pasó. Un día me encontraba apoyado tal y como estaba ahora, leyendo una novela. Estaba tan enfrascado en ella que todo a mi alrededor se había desdibujado. Por aquel entonces yo, al igual que usted ahora mismo, pensaba que este árbol era un roble hueco y muerto. Nunca pensé demasiado en él más allá de lo bello que a mi parecer era. Ese día en cambio, mientras leía a un pintor frustrado tratando de terminar su obra, un pequeño pétalo cayó sobre mi libro. Lo cogí con cuidado y lo observé entre mis dedos. Después, otro. Y otro. Así hasta que una flor entera se deshojó sobre mí. Eran pétalos de cerezo, agente Ryze. Por alguna razón que desconozco, nuestro amigo creó una única flor que voló casi al instante. Suerte que yo me encontraba ahí en ese momento. De no ser así, todo el mundo seguiría creyendo que este es un roble, engañándose a sí mismos e ignorando su verdadera naturaleza. Puede creerme o no, agente, pero le digo la verdad. Lo juro.

Pausa.

Ryze: No dudo de su palabra, Desmond. Desde luego, usted está diciendo la verdad.

Desmond: ¿De veras lo dice?

Ryze: ¡Por supuesto! ¿No ve que todos decimos nuestra propia verdad? El niño que imagina dragones también cuenta la verdad, cuenta su verdad. No miente cuando te dice que anoche una malvada bruja vino a visitarle y que por eso mojó la cama.

Desmond: ¡Será posible!

DESMOND entra en la cabaña. RYZE ríe y sacude la cabeza. DESMOND sale con pétalos entre las manos.

Desmond: Los he guardado. ¡Mírelos! Son pétalos de cerezo.

Ryze: Bien podrían ser insectos muertos, Desmond. Están marchitos.

Desmond: ¡Mire la forma! Es cerezo.

Ryze: Está bien, Desmond. Está bien.

Desmond: Es inútil hablar con usted. Para ser un agente, no ve la verdad ni aunque se la planten ante sus narices.

DESMOND entra de nuevo en la cabaña.

Ryze: Es precisamente en eso en lo que consiste mi trabajo. No creer ninguna verdad y nadar en las mentiras.

DESMOND sale.

Desmond: Sí, muy bien, muy bien. ¿Y qué es lo que le trae a mis lujosos aposentos, agente Ryze? Supongo que no ha venido por el placer de la conversación conmigo.

Ryze: En ocasiones me divierte, Desmond. Pero no. Preferiría estar bebiendo meado de perro. Eso es lo que me trae aquí, su dichoso chucho.

Desmond: ¿Disculpe? ¿Han encontrado a Mylo?

Ryze: Un pulgoso sin un ojo y con ese color tan enfermizo se reconoce en cualquier lado.

Desmond: ¿Dónde está?

RYZE: El alcalde mandó noticias a la villa más cercana a esta. Una descripción demasiado benevolente, diría yo. En caso de que el perro hubiese decidido darse un paseo de larga duración y apareciese allá, deberían informar de inmediato.

Pausa.

DESMOND: ¿Y bien?

RYZE: Ha aparecido allí. Lo encontraron temblando entre un montón de paja. Pensaban que era una rata enorme y aterradora. Luego vieron que solo era un famélico tuerto.

DESMOND: ¿Dónde está esa villa?

RYZE: A treinta y cinco kilómetros al norte.

DESMOND va a salir.

RYZE: ¿A dónde se cree que va, Desmond? No puede abandonar el cementerio.

DESMOND: Voy a por Mylo.

RYZE: No. Usted se queda aquí. Ya se están encargando de ello. *(Pausa. DESMOND vuelve).* Desde luego, el caerle en gracia al alcalde le hace mucho bien, Desmond. Ha organizado un transporte de mercancías desde la villa hasta aquí, entre las cuales se encuentra su perro. ¡El rey de los pulgosos, diría yo!

DESMOND: ¿Cuándo llegarán?

RYZE: Imagino que mañana. No mucho más. Todavía no han salido de la villa.

DESMOND: ¿Cómo estaba?

RYZE: No he preguntado. Me trae sin cuidado.

DESMOND: Diablo. ¿Algo más, agente Ryze?

RYZE: De hecho, sí. En un par de horas, asumo, recibirás un nuevo cargamento. Sigue las mismas instrucciones que con el anterior. Por órdenes del alcalde, a partir de este momento se seguirán siempre esas medidas a no ser que se indique lo contrario.

DESMOND: Está bien. ¿Y los funerales?

RYZE: Sin funerales. Un chalado lleno de sentimientos es capaz de desenvolver al marcado y llenarle de besos. Quedan suspendidos esos actos hasta nuevo aviso.

DESMOND: Necesito guantes nuevos.

RYZE: Envíele una carta al alcalde. A mí que me cuenta, Desmond.

DESMOND: Dígaselo usted. Sabe bien que desde aquí no puedo enviar cartas y, siguiendo sus órdenes, agente Ryze, no puedo abandonar el camposanto.

Pausa.

RYZE: Está bien, se lo diré. El monstruo necesita un par de guantes para sus manos deformes. Anotado. Ah, y por el bien de todos, Desmond, tápese esa cara.

RYZE sale.

DESMOND: Tenga un buen día, bastardo. *(Escupe. Se asegura de que RYZE baja la colina. Al árbol).* ¿Has oído eso, *mon frère*? Ese inútil no cree que seas un cerezo. Es un patán. Yo lo sé. Un día decidiste bautizarme con tus flores y aquí estoy ahora, hablando con cortos de miras que no saben ver más allá de su propio ombligo. Mylo también sabe que eres un cerezo. Se lo dije, ¿recuerdas? Ahora cuando venga podremos charlar de nuevo los tres. *(DESMOND se sienta a leer).* Y no temas, Mylo ya está adiestrado. No levantará la pata cerca de ti nunca más. *(DESMOND ríe).* Bendito Mylo. ¿El niño ya se ha ido, verdad? Ese niño… En fin, *mon frère*, ¿por dónde íbamos? *(DESMOND lee).*

Escena III

DESMOND deja el libro. Saca una manzana y una navaja de su zurrón. Está atardeciendo. Come despacio. Suena, distante, el piano de la iglesia. Al rato, una campana.

DESMOND: Diablo. Ya están aquí, *mon frère. (Se tapa la cara. Se pone los guantes. Se cala el sombrero).* A seguir trabajando.

DESMOND sale de escena. Aparece con una carretilla con seis cadáveres.

DESMOND: Esta parece que pesa un poco más, *mon frère.* Pero bueno. ¿Dónde crees que estarán ahora? No estoy seguro. ¿Subirán al cielo? ¿Dejará Dios que entren?

DESMOND se acerca a la fosa, tras el árbol.

DESMOND: La hora de merendar, *mon frère.* ¿Crees que se abrirán las puertas del Cielo si San Pedro les ve marcados? No lo creo, ¿verdad? Ahí arriba deben tener miedo de lo que ocurre aquí abajo. Por eso, la mayoría de veces, ni nos escuchan.

DESMOND arroja un cadáver.

DESMOND: Aunque, pensándolo bien, *mon frère,* ¿qué te da más miedo? ¿Que ni si quiera nos estén viendo o que nos observen pero ignoren deliberadamente? Como si fuésemos una suerte de hormigas corriendo en círculos hasta la extenuación. Y después, dormir.

DESMOND arroja un cadáver.

DESMOND: Ese pesaba bastante. Te vas a poner las botas, ¿eh, amigo? Sí. ¿Florecerás esta vez? Ahora tienes un motivo. Tenemos que demostrarle a ese idiota de Ryze que tenía razón. Muéstrale tus pétalos, no los ocultes como hago yo con mis labios. Yo ya no tengo nada que mostrar al mundo, *mon frère*. En cambio a ti te queda todo el mundo para deslumbrar.

DESMOND arroja un cadáver.

DESMOND: Parece que me canso. Ya no soy joven, *mon frère*. Y doy gracias por ello. Ahora solo aguanto a Ryze y, en ocasiones, a esos dichosos críos. Antes estaban los Ryze también, sí, ya lo sabes. Pero en la escuela había algo peor, ¿te acuerdas? ¿Lo veías desde ahí arriba? Desde ahí se debe de ver todo.

DESMOND arroja un cadáver.

DESMOND: Seguro que lo recuerdas. En alguno de esos anillos concéntricos deben de aparecer las miradas de niñas y niños. ¿Dejaste grabadas la tristeza y el dolor en tu interior? Sí… Por eso ahora albergas un hueco.

DESMOND arroja un cadáver.

DESMOND: Nunca fui muy amigo de los niños de clase. Ni de las niñas. Mucho menos de los maestros. Creo que era mi sonrisa, ¿tú qué crees, *mon frère*? *(Ríe)*. Sí, mi sonrisa es el problema. Dichosos críos, ¡cuánto veneno en frascos tan…!

DESMOND coge el último cadáver. Es un envoltorio dinimuto. Es un niño. El piano de la iglesia cesa.

DESMOND: …Pequeños.

DESMOND le observa un rato. Pasa sus manos enguantadas por la zona de la cabeza. Con mucho cuidado, se acerca a la fosa.

DESMOND: Este el primero, *mon frère*. Que suba rápido al cielo. A este sí le dejarán pasar.

CUERVO se ha subido a la valla y observa la espalda de DESMOND, quien piensa mientras mira el pequeño envoltorio en la fosa. Al rato, CUERVO habla.

CUERVO: Tiene una espalda muy grande.

DESMOND se sobresalta.

DESMOND: ¿Quién…? Oh, tú otra vez, chico.

CUERVO: ¿Por qué es tan grande?

DESMOND: Por todo lo que llevo dentro, muchacho. ¿Por qué eres tú tan pequeño?

CUERVO: No lo sé. Mamá dice que soy muy rico, pero seguimos siendo pobres.

DESMOND ríe.

DESMOND: Se refiere a que eres guapo.

CUERVO: Pues entonces creo que no tiene ojos en la cara…

DESMOND: Vaya. ¿Por qué dices eso?

CUERVO: Porque… Por nada.

Pausa. DESMOND se gira una última vez a la fosa. Luego, empuja la carretilla vacía fuera del cementerio.

CUERVO: Señor, no le he preguntado su nombre. ¿Cómo se llama?

DESMOND: Monstruo, ¿no?

CUERVO: No. Eso no es un nombre. Dígamelo, por favor. Si me lo dice, le digo yo el mío.

DESMOND: Me llamo Desmond, hijo. Desmond Benett. Suena raro decirlo todo en voz alta. Parece que le cueste salir. ¿Cómo te llamas tú?

CUERVO: Cuervo, señor.

DESMOND: ¿Cuervo? ¿Como el pájaro?

CUERVO: Así es, señor.

DESMOND: ¿Y por qué ese nombre tan raro?

CUERVO: En realidad me llamo de otra forma. Mamá me puso un nombre cuando nací. Pero luego, un día, mamá empezó a llamarme Cuervo por el pelo negro. Dice que parece un nido de cuervos. Entonces, todos nos olvidamos de mi primer nombre y nos quedamos con el nombre de verdad. ¿Usted ha visto algún cuervo, señor?

DESMOND: Llámame Desmond, ¿quieres? Y alguno he visto, sí, Niño Cuervo.

CUERVO: Niño Cuervo… ¿Y cómo son?

DESMOND: ¿Nunca has visto ninguno?

CUERVO: Nunca. Una vez me pareció ver uno por el rabillo del ojo, escondiéndose debajo de mi cama. Estoy seguro de que sigue en mi habitación.

DESMOND: No lo dudes. Los cuervos son muy escurridizos, seguro que se ha quedado escondido en tu cuarto. ¿Sabes lo que le gusta a los cuervos? Las cosas brillantes. Tengo un par por aquí, dame un segundo.

DESMOND entra en la cabaña. CUERVO entra en el cementerio, observa el gran árbol. Luego se asoma a la fosa. DESMOND sale, esta vez sin los guantes puestos.

CUERVO: Hala…

DESMOND: ¡Eh! ¿Qué haces ahí?

DESMOND corre hacia él y le separa de la fosa.

DESMOND: No deberías estar viendo eso.

CUERVO: ¿Por qué? ¿Eran muertos?

DESMOND: No, eran almohadas de formas raras. Olvídalo.

CUERVO: ¿Y por qué guardas tantas almohadas?

DESMOND: Es que duermo muy mal.

CUERVO: Eran como… Un millón.

DESMOND: Mira.

DESMOND abre la mano y le enseña un par de casquillos de metal vacíos.

DESMOND: ¿Sabes lo que son?

CUERVO: No.

DESMOND: Se llaman «casquillos». Es el vestido de una bala antes de ser disparada. Estos están vacíos, no te preocupes, no se van a disparar. Pero, ¿ves? Mira cómo brillan. Seguro que te sirven para atrapar al cuervo de tu cuarto.

DESMOND le da los casquillos.

DESMOND: Si tu madre te pregunta, dile que te encontraste esos casquillos cerca de los Grandes Hoyos. Una pista: si vas allí, encontrarás muchos de estos. Allí se dispararon muchas pistolas. No le digas que te los di yo, no vaya a ser que venga a perseguirme con la pala en la mano.

Ríen.

CUERVO: ¿Por qué va tapado, Desmond?

DESMOND: Tengo frío, Niño Cuervo.

CUERVO: Yo también.

DESMOND: Deberías ir a casa, quedan pocas horas de luz en el día.

CUERVO: Mamá cree que estoy jugando con los amigos y los amigos creen que estoy en casa con mamá.

Ríen.

DESMOND: ¡Qué buena estrategia! Ahora, ve. Recuerda, estos casquillos los conseguiste en los Grandes Hoyos.

CUERVO: Adiós, Desmond.

CUERVO sale corriendo y contento.

DESMOND: ¡Adiós, Niño Cuervo! Ten cuidado, el terreno es inclinado y te puedes hacer daño. *(DESMOND observa cómo CUERVO se va).* Ay, *mon frère.* Si me preguntases por qué le he regalado los casquillos, no sabría darte una respuesta acertada. Porque nos estamos haciendo amigos, imagino. Porque tengo todas las respuestas a las preguntas que él tiene. Porque es agradable hablar. Todas las respuestas son correctas. Porque me recuerda a mí. A una imagen de mí mismo sin... Sin heridas eternas. ¿Tú qué opinas, *mon frère*? Ya, ya lo sé. Cuando venga Mylo tendré que enseñarle a comportarse delante del Niño Cuervo. No puede estar ladrándole todo el día. Eso son dos normas nuevas para Mylo: nada de levantar la pata cerca de *mon frère* y nada de ladrar a nuestro nuevo amigo, el Niño Cuervo.

DESMOND se apoya en el árbol a terminarse la manzana.

DESMOND: Y ya sé que no hay un cuervo en su habitación. Pero ojalá lo hubiese. Ese niño necesita aventuras, todos los niños necesitan aventuras. Que busque a su cuervo aunque no esté. Aquí arriba tenemos tiempo de sobra.

DESMOND se gira y mira la fosa durante un instante.

DESMOND: Tiempo, sí. No sé cuánto sitio más tendremos si siguen llegando invitados, ¿eh, *mon frère*?

DESMOND le da unas palmadas al árbol. Es casi de noche.

DESMOND: Voy a encender las lámparas de la puerta y a descansar. Mañana será otro día.

DESMOND sale a encender las lámparas. Vuelve.

DESMOND: ¡Mañana viene Mylo! ¿Cuántos saltos crees que dará? Los contaremos. *(Pausa).* Buenas noches, *mon frère. (Pausa).* Vela por los de ahí abajo y los de aquí arriba.

DESMOND entra a la cabaña.

ACTO II
CORTEZA Y SANGRE

Escena I

Noche. La luna ilumina todo el cementerio. Las luces de la cabaña, apagadas. JASPER irrumpe en escena causando un estruendo. Porta una navaja. Se tropieza con las lápidas.

JASPER: Maldición.

Se levanta. Se dirige al árbol. Tose. La puerta de la cabaña se abre lentamente. DESMOND aparece en el quicio de la puerta portando un rifle. Apunta directamente a JASPER. Este no se percata de ello. JASPER quiere grabar el árbol con la navaja.

DESMOND: Chico.

JASPER se sobresalta. Se da la vuelta y alza ambas manos.

DESMOND: ¿Se puede saber qué pretendes?

JASPER: No me mate, por favor.

DESMOND: ¿Qué haces aquí?

JASPER: Nada.

DESMOND: ¿Para qué es esa navaja?

JASPER: Para nada.

DESMOND: De estar en tu lugar y tenerme a mí apuntándote con un Mauser del siete sesenta y cinco a menos de veinte metros, hablaría.

JASPER: ¿Apretaría el gatillo?

DESMOND: Sigue buscando y hallarás la respuesta. ¿Qué haces aquí, chico?

JASPER: Quería venir a ver el árbol en persona.

DESMOND: ¿Por qué?

JASPER: Desde abajo, desde el pueblo, se ve enorme. Quería venir a comprobarlo por mí mismo.

DESMOND: ¿Por qué la navaja?

JASPER: ¿Puede bajar el arma?

DESMOND: ¿Por qué la navaja, muchacho?

JASPER: ¡Para grabar mi nombre en el árbol!

DESMOND: ¿Pretendías irrumpir en el camposanto y vandalizarlo?

JASPER: ¡No, señor!

DESMOND: A mí me suena a eso.

JASPER: ¡No! Pretendía… No es vandalismo, señor. Quería que mi nombre estuviese en algún lado.

DESMOND: Suelta la navaja, chico.

JASPER suelta la navaja.

JASPER: Este árbol parece tan antiguo… Y no parece que vaya a desaparecer pronto. Solo quería que mi nombre apareciese en algo que pudiese ser… Para siempre.

DESMOND: ¿Cómo te llamas?

JASPER: Jasper, señor.

DESMOND: Muy bien, Jasper, haremos lo siguiente. Tú te vas a ir por donde has venido, no volverás a acercarte al árbol, ni al cementerio. No quiero ni que pienses en el árbol. De esta manera, yo no te deformo el entrecejo. ¿Bien?

JASPER: Señor…

DESMOND dispara. JASPER se asusta. Suenan pájaros.

DESMOND: La próxima vez será en la cabeza. Que te sirva de lección, chico. Lárgate.

JASPER huye despavorido. DESMOND ve cómo sale. Se acerca al árbol.

DESMOND: ¿Te ha herido, *mon frère*? No… No. No ha llegado a apoyar el filo. Será idiota. Menudo ruido ha hecho al entrar. De no ser por eso, quizás hubiese llegado tarde. Pero ya está. Estúpidos jóvenes.

DESMOND entra en la cabaña.

Escena II

Día. DESMOND *sale de la cabaña. Bosteza.*

DESMOND: Buenos días, *mon frère.*

DESMOND *pasea entre las lápidas.*

DESMOND: El musgo nos ataca. Normal, teniendo en cuenta lo que ha llovido.

RYZE *aparece en escena.*

RYZE: Buenos días, Desmond.

DESMOND: Diablo. No pueden ser buenos si empiezan así.

RYZE: ¿Cómo se encuentra?

DESMOND: Molesto.

RYZE: ¿Qué tal ha dormido?

DESMOND: Estupendamente, gracias.

RYZE: Yo también. Odio cuando mal descanso. ¿No es muy molesto que le despierten a uno en mitad de la noche?

Pausa.

DESMOND: ¿Qué quiere, agente Ryze?

RYZE: Verá, anoche se escuchó un disparo que resonó por todo el pueblo. Venía justo del cementerio. Mi señora esposa casi se agarra a las vigas del techo. ¿Sabe usted algo de eso?

DESMOND: Da la casualidad de que sí, algo sé.

RYZE: ¿Y bien?

DESMOND: Intenté cazar un pajarito, pero se me escapó.

Ryze: ¿Y qué clase de pájaro era ese?

Desmond: Oh, uno peculiar. ¿Conoce esa clase de pájaros que ponen sus huevos en los nidos de otros pájaros? Cucos se llaman. Pues anoche empecé a escuchar «cú-cú», «cú-cú». Ese es el sonido que hacen, agente, de ahí el nombre. En fin, abandoné mi descanso y lo vi justo ahí, posado en la rama. Saqué mi fusil y disparé. Por desgracia, erré y el cuco echó a volar.

Ryze: ¿Y por qué disparó a un pájaro a altas horas de la madrugada, Desmond?

Desmond: Perturbaba mi descanso con ese dichoso canto. Además, no quería que pusiese sus huevos en el nido de otro pájaro.

Ryze: Es usted un verdadero amante de la naturaleza, déjeme decirle, Desmond. Mejor, un extraño amante de la naturaleza. El primero que conozco dispuesto a disparar a unas especies para salvar a otras.

Desmond: No seré el último.

Ryze: Imagino que no.

Pausa. Se miran. Desmond prosigue observando el estado de las lápidas.

Ryze: Creo que conozco ese cuco del que me habla.

Desmond: ¿Sí?

Ryze: Sí. Hace tiempo leí una novela donde mencionaban un cuco. Este volaba alrededor de un hogar al que no podía acceder. Era un cuco perdido, o algo así. Tenía familia, por supuesto, la madre pájaro y el padre pájaro.

Desmond: ¿Hace cuántos años leyó esa «novela»? ¿O debería decir «cuento»?

Ryze: Pero el padre pájaro murió en la guerra de pájaros y mamá pájaro ignoraba a su retoño. Desde entonces el cuco perdido solo quería pertenecer a algún sitio. A algún hogar. Ser querido, ser de alguien. O en su defecto, que se le recordase por algo.

Desmond: Podría haberse estrellado contra el primer molino que viese. La gente recordaría el estropicio.

RYZE: No me tome el pelo, Desmond. Sé que anoche disparó a Jasper. ¿Sabe quién es Jasper Trevott?

DESMOND: Es la primera vez que oigo ese nombre. No sé de qué me habla, agente.

RYZE se acerca a DESMOND.

RYZE: Jasper es hijo del que fue uno de los mejores comandantes de la Guerra de los Grandes Hoyos, Desmond.

DESMOND: Ah, ahora lo entiendo todo.

RYZE: Hijo del mejor comandante de la batalla de los Grandes Hoyos… Un héroe de guerra. ¿Significan algo para usted esas palabras?

DESMOND: Sí.

RYZE: ¿El qué?

DESMOND se acerca a RYZE.

DESMOND: Un muerto con galardones.

RYZE propina un puñetazo al estómago de DESMOND.

RYZE: Es mejor que un muerto en un agujero sin lápida, ¿no cree, Desmond? Es obvio que nunca le he tenido estima. Todos los días me aguanto las ganas de subir aquí arriba y encajarle el cañón del revólver en la cuenca del ojo. No me dé más razones de las que ya tengo. ¿Entendido, Desmond?

DESMOND: Entendido.

RYZE: Nadie echaría de menos a un deforme y enfermo como usted. Y su trabajo es fácilmente reemplazable. Si sigue viviendo, es por pena.

RYZE propina un punterazo a DESMOND.

DESMOND: Lo sé.

RYZE: ¡Bien! Me alegra que lo sepa. Ahora escúcheme. Esto no se ha acabado. El pobre Jasper ha venido corriendo esta mañana mientras usted dormía como un borracho. Por lo que me ha contado, solo quería hacer una pequeña travesura. Algo propio de chicos. ¿Nunca hizo travesuras, Desmond? Y usted apretó un gatillo. ¡Una bala contra el hijo de un héroe! Como si fuese un salvaje. ¿Pretende acaso manchar su legado? ¿Cómo si quiera un deforme como usted se atreve a mirar a los ojos al hijo de un hombre honorable?

DESMOND: Irrumpió de madrugada en el cementerio. Hice mi trabajo.

RYZE: ¡Disparó un fusil a un niño! *(RYZE propina un puñetazo).* Esto no se ha acabado, Desmond. Esto no ha hecho más que empezar. El arma es parte de su trabajo, bien, no se lo requisaré. Pero recuerde, acaba de meterse con quien no debía. Ha cometido el mayor error de su vida, Desmond. Mire lo que me ha hecho hacerle, por Dios. *(Se limpia las manos al traje).* Disparar al hijo del comandante Trevott… Debería asesinarle. Pero, de momento, soy mejor que usted. *(Pausa).* En otro orden de cosas, hoy vendrán aún más muertos. Es un caos la ciudad. No se está pudiendo controlar la Marca y se está propagando como hace años. Hoy, nada más comenzó mi jornada, ya había varios cadáveres. Ah, cierto. Ayer a la noche el alcalde escribió una nota con normas a seguir para cada uno de los trabajadores. Me ha llegado esta mañana. *(Saca una nota y lee con desgana).* Por orden del alcalde, el señor Benett debe continuar con los procedimientos habituales. *(Deja de leer).* Los cuales no incluyen *(le propina una patada)* disparar al hijo del comandante. *(Sigue leyendo).* Muchas precauciones y estupideces varias. Halagos. Bah. Por lo demás, siga como hasta ahora. Oh, el alcalde me pide que le felicite por su buen trabajo. *(Le escupe).* Buen trabajo, Desmond.

DESMOND *(En el suelo)*: Necesito guantes nuevos.

RYZE: Ya llegarán sus malditos guantes.

DESMOND: Diablo. Tiene usted un buen punterazo.

RYZE: Gracias, Desmond. Disfrute del resto del día. Una última cosa.

RYZE se dirige a la fosa, la observa.

RYZE: Esta fosa está casi al completo. A no mucho tardar, habrá que cavar otra.

DESMOND se levanta.

DESMOND: Diablo, no sé si podré hacerlo. Me ha dejado hecho un saco de ceniza.

RYZE: Buenos días.

RYZE sale. DESMOND masajea las zonas magulladas.

DESMOND: No hay nada que hacer, *mon frère*. Él está por encima de mí, tiene derecho a hacer lo que acaba de hacer. Sin embargo, miedo me da lo que se avecina. Presiento que este va a ser el comienzo de numerosas visitas parecidas. Se acaba de abrir el coto de caza. ¡Pasen y vean! ¡Cacen al monstruo! Cincuenta puntos si le propinan en el pecho, cien si le dan en la ingle. Mil puntos a quien se atreva a pegarle en los labios. *(DESMOND ríe)*. Ni si quiera Ryze me ha tocado en los labios. Le ha dado asco darme un puñetazo en la cara, por si rozaba mi boca. *(DESMOND ríe)*. No sabía que tenía tanto aprecio a ese chico, diablo. Maldita sea. De haberlo sabido, habría apuntado a la cabeza, *mon frère*.

DESMOND entra en la cabaña, sale con un libro y se sienta en el árbol. Lee algunas palabras en voz alta, pero cesa al rato.

DESMOND: No me está gustando mucho esta historia. Esta no te la voy a leer en voz alta, no merece la pena.

Cierra el libro. Se levanta para ir a la cabaña. Sus movimientos son los de un hombre apaleado. Aparece CUERVO.

DESMOND: Buenas tardes, Niño Cuervo.

CUERVO: Hola.

DESMOND: ¿No has ido a clase?

CUERVO: Es sábado, señor. Hoy no hay que ir al colegio.

DESMOND: Llámame Desmond, chico. Lo prefiero así.

CUERVO: ¿Por qué?

DESMOND: Suena muy bonito cuando lo dices tú, amigo.

CUERVO: ¿Somos amigos?

DESMOND: No lo sé. ¿Lo somos?

CUERVO: Un amigo dejaría entrar a otro a su casa.

DESMOND ríe.

DESMOND: Este cementerio no es mi hogar. Adelante, pasa, muchacho.

CUERVO pasa.

DESMOND: ¿Cómo tú por aquí, chico?

CUERVO: *Mon frère.*

DESMOND: ¿Disculpa?

CUERVO: ¡He aprendido a decirlo! He venido corriendo. *Mon frère.*

DESMOND: ¡Vaya! ¡Estupendo! ¡Muy bien! Eso es. Esa es la pronunciación. ¿Cómo lo has conseguido?

CUERVO: Lo estuve practicando ayer por la noche. Recordé cómo lo había dicho usted y lo intenté una y otra, y otra vez.

DESMOND: Te sale muy bien, Niño Cuervo. ¿Recuerdas lo que significa?

CUERVO: Hermano mío.

DESMOND: Eso es… *(Mira al árbol).* Dime, ¿ha habido suerte con ese pájaro?

CUERVO: No… Los casquillos siguen en el centro de la habitación, como usted dijo. ¿Puede ser que se haya disfrazado de muñeco, Desmond? Y ahora se camufle entre mis juguetes.

DESMOND: ¡Podría ser! Los cuervos son maestros del disfraz. Se ocultan entre la gente a ojos de todos.

CUERVO: ¿Y por qué hacen eso?

DESMOND piensa un segundo.

DESMOND: Para pasar desapercibidos, creo yo. Aunque no hay muchos estudios sobre el tema.

CUERVO: Ya… *(Se queda callado sin entender muy bien).* ¡Igual es para conseguir cosas brillantes!

DESMOND: ¿Cómo dices?

CUERVO: ¡Sí! Imagínese un cuervo banquero. ¡Podría conseguir todas las cosas brillantes del mundo!

DESMOND ríe. CUERVO sonríe orgulloso.

DESMOND: ¡Cierto! Y nadie sospecharía nada, ¿verdad que no?

CUERVO: ¡Jamás! Todo el mundo diría: «Hola, señor banquero. Aquí tiene mis monedas brillantes». Y el cuervo banquero diría: «muchas gracias, caballero». Y entonces ya tiene un montón de monedas brillantes.

DESMOND: Y dime una cosa, Niño Cuervo, ¿por qué crees que quieren tantas cosas brillantes?

CUERVO reflexiona.

CUERVO: No lo sé…

DESMOND: Pensemos juntos. Alguna razón tiene que haber, ¿no crees?

DESMOND y CUERVO piensan juntos. DESMOND le mira y sonríe.

DESMOND: ¿Estarán construyendo algo?

CUERVO: ¡Un castillo!

DESMOND: ¿Un castillo? ¿Como los de los reyes?

CUERVO: ¡Sí! Un castillo para el Rey Cuervo.

DESMOND: Ese eres tú.

Pausa.

CUERVO: ¿Usted cree?

DESMOND: Podrías serlo. ¿Sabes cómo? *(CUERVO niega con la cabeza).* ¿Sabes escribir, chico?

CUERVO: Conozco las letras, señor. Digo, Desmond.

DESMOND: ¡Eso es genial! ¿Y sabes escribir palabras?

CUERVO: No…

DESMOND: No temas, amigo. Cuando aprendas a escribir palabras, y sepas encadenar una tras otra, será el momento de convertirte en Rey Cuervo.

CUERVO: ¿Pero cómo hago eso?

DESMOND: Mira. *(DESMOND enseña su libro)*. Esto sí sabes lo que es, ¿no?

CUERVO: Un libro. Cuentan historias. Mamá me lee algunos los días en los que me porto bien.

DESMOND: ¿Y cuántas veces te portas bien?

CUERVO: Muchas. Siempre que no me pille, me porto bien.

DESMOND ríe.

DESMOND: Está bien… Aquí dentro puede haber un millar de historias, chico. Un millar son muchísimas. Estas letras juntas forman mundos que no existen aquí. Crean todos los castillos que quieras, y puedes atrapar los cuervos que necesites, siempre y cuando lo escribas con esto. *(Apunta a su corazón)*. Cuando aprendas a entrelazar las palabras, el mundo entero se puede descubrir desde el escritorio de tu habitación. Todo lo que me has contado de los cuervos lo podrías dejar reflejado. ¿Te gustaría eso?

CUERVO: Me encantaría.

DESMOND: No lo olvides, Niño Cuervo. Quizás algún día lea una historia que hable sobre el Rey Cuervo… Dentro de unos años.

CUERVO: ¿Y ese libro qué historia cuenta?

DESMOND: Este cuenta una que no me gusta. Habla de guerras. Los libros a veces hablan a oídos que no les entienden. No significa que esta historia sea mala, solo la está leyendo la persona equivocada.

CUERVO: ¿Usted?

DESMOND: Exacto. Puede que dentro de un tiempo lo leas y digas: «menudo tarumba Desmond. Mira que no gustarle este libro…»

CUERVO ríe.

CUERVO: Tarumba… Pero… No. No me gustan las guerras.

DESMOND: A mí tampoco, chico. *(Pausa)*. ¿Qué me dices? ¿Me prometes que escribirás todas tus historias?

CUERVO: ¡Lo prometo!

DESMOND: ¡Muy bien! Intenta portarte bien a menudo para escuchar muchos cuentos y así nutrirte como una flor del agua y la tierra.

CUERVO: ¿Usted escribe?

DESMOND: ¿Yo? Nunca. Mis manos no son dignas de…

CUERVO: ¿Y se ha imaginado como un Rey?

DESMOND ríe.

DESMOND: No, chico. En mis sueños solamente soy yo.

CUERVO: ¿Y qué es usted?

Pausa. Suena la campana. DESMOND sale de su ensoñación.

DESMOND: Muchacho, debes irte. Me encantaría que te quedases toda la tarde conmigo, pero no puede ser. Un hombre tiene que trabajar. Y este trabajo no es para tus ojos.

CUERVO: Pero yo quiero ver.

DESMOND: Cuando escribas y leas, ganarás ojos. Por el momento, ve. No debes ver esto.

CUERVO: ¿Puedo volver luego?

Pausa. DESMOND mira al árbol.

DESMOND: Está bien… Pero poco tiempo. No queremos que tu madre piense que estás portándote mal.

CUERVO: Nunca me pilla.

DESMOND: ¡Hasta que llegue el día que lo haga, granuja! Ve, Niño Cuervo. Vuela.

CUERVO: Adiós, Desmond. *(Se va a ir. Se da la vuelta).* ¿Puedo ser tu amigo?

DESMOND: Ya lo somos.

CUERVO: ¡Genial!

CUERVO sale corriendo. DESMOND sale detrás, vuelve con la carretilla. Son ocho cadáveres.

DESMOND: Ay, *mon frère*. Ese muchacho es de lo que no hay. Es la primera vez en mucho tiempo que... Ni si quiera el alcalde, con todo el cariño que me tiene, me ve como a un semejante. En su mirada puedo notar...

Posiciona la carretilla al lado de la fosa.

DESMOND: Puedo notar su compasión. Sus palabras están llenas de elogios, en cambio sus ojos piden a gritos dejar de mirarme. ¿Cuántas veces le hemos visto por aquí arriba, *mon frère*? Exacto, más bien pocas.

Entra en la cabaña. Sale con la ropa de trabajo.

DESMOND: ¿Florecerás con estos cadáveres, aun enfermos como están? Los rostros más bellos fecundados con la más terrible de las enfermedades, ¿siguen siendo hermosos? ¿Siguen siendo útiles?

Arroja un cadáver.

DESMOND: Lo mismo podría decirse al revés, ¿no crees?

Arroja un cadáver.

DESMOND: No creo que Ryze se plantee esas preguntas al verme. Más bien pensará «¿cómo la naturaleza pudo crear semejante aberración?». Ojalá supiese que yo me pregunto lo mismo todas las noches. *Mon frère,* te pido disculpas si de madrugada escuchas mi llanto. Cuando oscurece, los sentimientos se arraigan sin piedad en el pecho. Pesan tanto...

Arroja un cadáver.

DESMOND: Pesan tanto como uno de nuestros invitados. La única forma de soltarlos es con agua. Como quien limpia una sucia bota. Hasta las lápidas brillan si las empapas de agua.

Arroja un cadáver.

DESMOND: Hoy sí que hay trabajo, *mon frère*. Diablo. Está claro que esto no va a parar. No. Mucho me temo que la Marca ha llegado más lejos de lo esperado.

Arroja un cadáver.

DESMOND: Así, por lo menos, nos entretenemos aquí arriba, ¿verdad, *mon frère*? ¿Te has fijado en un pequeño detalle? Tapados con las sábanas, todos son iguales. Con un manto por encima, las personas son indistinguibles.

Arroja un cadáver.

DESMOND: Diablo. Quien los tenga que cargar al hombro, bien los diferencia. *(Ríe)* Sí, *mon frère*. Viendo todos estos cuerpos tapados, me doy cuenta de una cosa. Tú seguro que también te has dado cuenta. Años antes que yo, por supuesto.

Arroja un cadáver.

DESMOND: En vida, utilizan sábanas para ser indistinguibles. Sí… La belleza, la ausencia de errores, es fatal. Sin cicatriz, sin dolor en el rostro, sin emociones que lo surquen, no somos más que estatuas.

Arroja un cadáver.

DESMOND: Solo que el tiempo nos mata más rápido, ¿no crees, *mon frère*? Sí. Yo creo que sí… Sin embargo, a ti el tiempo no te ha matado. Sé que sigue fluyendo savia en ese interior. En algún momento, y espero estar yo aquí presente, ascenderá hasta tu copa y la tintará de blancos y rosas. No lo dudo. Ese día congregaremos a todo el dichoso pueblo aquí arriba. Quiero a Ryze en la primera fila. Tú también, ¿verdad, *mon frère*?

DESMOND sale con la carretilla. Vuelve.

DESMOND: Diablo. Tengo el cuerpo magullado y cansado. No sé si me hago viejo y los anillos de mi interior me empiezan a constreñir, o si el patán de Ryze me habrá tocado algún músculo importante. Diré que me ha sorprendido la fuerza de ese garrulo. Pese a todo, tiene una buena derecha y una estupenda pierna. *(Ríe)*. Eso es, quizás, lo único que tiene.

DESMOND se sienta en una lápida a observar el pueblo.

DESMOND: No importa. Que suba a darme las palizas que quiera. Yo sé que él no parará nunca más desde hoy, como también sé que resistiré contra viento y marea como mi amigo cerezo, ¿verdad? Aguantaré aquí arriba hasta que mis piernas desfallezcan. Me la tiene jurada y yo cometí un error con ese Jasper. Sí...

DESMOND saca una manzana de su zurrón y la muerde. Sonríe.

Escena III

Atardece. JASPER a la puerta.

JASPER: Buenas tardes, señor.

DESMOND: Diablo. ¿Tú por aquí?

JASPER: Así es. ¿Puedo pasar?

DESMOND: Este cementerio no es mi hogar. Mientras no esté cerrado, puedes pasar.

JASPER entra.

DESMOND: ¿Qué haces aquí?

JASPER maravillado con el árbol.

JASPER: Es grandioso...

DESMOND: ¿Qué quieres?

JASPER: Venía a... Venía a pedirle disculpas, señor. Mi comportamiento de anoche no fue el adecuado. No estuvo bien. Para serle sincero, no esperaba que se despertase.

DESMOND: Si ta̲ vez hubieses caminado como un pequeño zorro en lugar de parecer una avestruz descabezada...

JASPER: Sí... Siempre he sido poco hábil.

DESMOND: Yo también. *(Abre los brazos).* Demasiado grande.

JASPER: El miedo me hizo confesar su... Su... Lo que pasó al agente Ryze. Esta mañana.

DESMOND: No me digas.

JASPER: Sí... Pero luego lo he pensado mejor. No debería haberle dicho nada a ese... *(Pausa).* Esto lo podemos resolver usted y yo, sin su intervención. *(Pausa)*. Teniendo en cuenta que no está detenido… Veo que de momento no se ha pasado por aquí.

DESMOND no contesta.

JASPER: ¿Acepta mis disculpas, señor?

DESMOND: No tengo más remedio. *(Pausa)*. Yo también te pido perdón, chico. Puede que anoche perdiese los estribos.

JASPER: Es un bonito fusil.

DESMOND: Desde luego que lo es. El mejor. No me ha fallado nunca.

JASPER: ¿En paz?

DESMOND ríe.

DESMOND: No tan deprisa, chico. No tan deprisa.

Pausa.

JASPER: Ese fusil… ¿Batalló usted en la guerra?

DESMOND: Oh, no. Los altos mandos no me dejaron ir al frente. Seguro que un chico listo y perspicaz como tú habrá podido ver mi… *(Señala su boca. JASPER compone una mueca)*. No sabían qué era esto, si era contagioso o no. Un general me miró, le entró una arcada y me ordenó irme «a algún circo de los horrores». Irónico, ¿no crees? Nunca fui a la guerra.

JASPER: ¿Y quería ir?

DESMOND: Era joven, como tú. Lleno de fuego. Ese impulso de la juventud, esa necesidad de… Pertenecer y perdurar. Yo también la tuve. La inevitable pelea contra el tiempo, el querer existir para siempre. En mi época, los chicos soñábamos con librar una gran batalla y salir victoriosos. Ser el mejor soldado. Matar a muchos. *(Pausa)*. Menuda desgracia. *(JASPER asiente)*. ¿Y tú, chico? ¿Sueñas con guerras?

JASPER: No, imposible. No quiero muerte en mi descanso. Mi padre fue un héroe de guerra. El comandante Gregor Trevott. Libró una gran batalla, la de los Grandes Hoyos. Salió victorioso. Fue el mejor soldado.

Mató a muchos. *(Pausa)*. Murió de una enfermedad de la sangre, una infección por las heridas. *(Pausa)*. A las pocas horas de llegar a casa.

DESMOND: Lo siento.

JASPER: No lo sienta, usted no lo mató, la guerra lo hizo. Todos los años le hacen algún estúpido homenaje. Viejos con olor a vinagre se suben a un estrado y hablan sobre lo bien que apuntaba mi padre, las dotes de liderazgo, la cantidad de blancos abatidos... Nadie dice: «nunca estaba en casa», o «Jasper no recuerda su voz porque pocas veces la escuchó». Estos ancianos están obsesionados con los Grandes Hoyos. Con el pasado. Con mi padre. ¡Pero si él ya no es más que...! Que...

DESMOND: Un muerto con galardones.

JASPER: Sí... Un muerto con galardones. Y llevar su apellido no me convierte en él. *(Pausa)*. Nadie se hace héroe hasta después de muerto. Menudo honor, ¿verdad?

DESMOND ríe.

DESMOND: Supongo que es lo terrible de la historia.

JASPER: ¿El qué?

DESMOND: Nada. Olvídalo. *(Pausa)*. Me llamo Desmond. Desmond Benett.

JASPER: Encantado, señor. Jasper Trevott, ya sabe.

Pausa.

DESMOND: ¿Cómo está el pueblo?

JASPER: ¿A qué se refiere?

DESMOND: La Marca.

JASPER: Oh... ¿No le han dicho nada?

DESMOND: La única información aquí arriba son vientos fríos, cantos de pájaros y el piano de la iglesia.

JASPER: La ciudad es un caos. Los comercios, la gran mayoría, han cerrado. Algunos por miedo a la Marca. Otros, en cambio... Los dueños han fallecido. La gente se ha vuelto huraña, tosca. Nadie mira a los ojos a nadie. Hoy mismo dos mujeres casi se matan a cuchilladas en la calle.

Una decía que la otra se había colado en su casa y había intentado contagiarla. La otra no contestaba, solo quería matarla. Matarla, señor, asesinarla. En plena calle.

DESMOND: Diablo. La cordura abandona este pueblo.

JASPER: Eso parece, sí. Aquí, entre muertos, nadie puede atacarle. De todas maneras, déjeme decirle que era de esperar.

DESMOND: ¿Por qué dices eso?

JASPER: Bueno… La gente dice que con la primera Marca no hubo cabida al caos, todo fue demasiado rápido. Los médicos decían que, de haber una segunda, llegaría la histeria. Además, con un alcalde en funciones, las normas son más una guía que un deber.

DESMOND: ¿Disculpa? *(Pausa)*. ¿Alcalde en funciones?

JASPER: ¿No se ha enterado? El alcalde falleció anoche. Sí. Esta mañana, bien temprano, el agente Ryze informó de ello al pueblo. Fue cuando le comenté… Nuestra situación.

DESMOND: Chico, ¿fue la Marca?

JASPER: La Marca.

Silencio. DESMOND se levanta. Va a ver la fosa.

DESMOND: Diablo. Hoy mismo ha llegado una carretilla llena de cadáveres.

JASPER: No le quepa duda: el alcalde estaba entre ellos.

DESMOND: ¿Y quién es el alcalde en funciones?

JASPER: ¿Quién cree usted?

DESMOND: Diablo.

Pausa.

DESMOND: Esta mañana me ha venido a saludar a base de bien. Sus puños y pies me han dado los buenos días.

JASPER: ¿Por qué?

DESMOND: ¿Por qué crees, Jasper? Por haberte asustado un poco con un disparo de nada. Vendría directo hacia aquí nada más se lo contaste. Envalentonado y brabucón, sabiendo que ahora tiene el poder total.

(DESMOND ríe). Incluso me leyó una nota del alcalde escrita anoche. Ese pobre hombre debió dejar anotadas indicaciones para todo el pueblo antes de fallecer... *(Pausa)*. El bastardo se estaba regodeando.

JASPER: Pero... ¿Puede hacer eso, señor?

DESMOND: ¿Hacer el qué? Mira, Jasper, podría meterme en los calabozos si quisiese. Por lo que a él respecta, yo no soy más que una tumba andante en esta colina de mala muerte. Disfruta haciéndome sufrir.

JASPER: El agente Ryze... No es un buen hombre.

DESMOND: No lo es.

JASPER: Cuando le dije lo ocurrido aquí... Compuso una sonrisa extraña. Entonces, me dio las gracias y se fue, no sin antes recordarme lo mucho que apreciaba al «comandante Trevott». Supuse que vendría a detenerle... Ya veo que no.

Pausa. DESMOND escupe.

JASPER: Una noche le vi entrar en el prostíbulo. Tiene mujer, pero aun así decidió ir a ese local.

DESMOND: No me sorprende. Tiene pinta de ser un habitual de esos locales.

JASPER: No, señor... No... Yo estaba echando unos cigarrillos con unos amigos enfrente del local. Allí teníamos... Bueno. No nos dejan entrar al prostíbulo, pero nadie nos prohíbe sentarnos a mirar desde fuera. Era tarde. Entonces, vimos al agente Ryze. Yo me metí entre mis amigos para que no me viese, no quería que supiese que le había observado rondando un local así. Esperamos a ver qué pasaba. No sabíamos muy bien a qué esperábamos, la verdad, pero sentíamos que algo iba a ocurrir. Allí abajo, cerca del prostíbulo, uno siempre escucha... Gemidos. Pero en ese momento, estaba en silencio. Al rato, vimos al agente salir. Gritó algo al interior del edificio que no entendimos bien. Tenía algo extraño en las manos y la camisa. Era... Sangre, señor. Sangre.

DESMOND: Diablo.

Pausa. Ambos miran al pueblo.

DESMOND: Desde luego, Jasper, la historia de tu padre es trágica. No hay duda de ello. Pero, a mí parecer, peor es tener un bastardo cabrón como Ryze siempre encima.

JASPER: ¿Disculpe?

DESMOND: No puedes si quiera fumarte unos cigarrillos sin tener miedo a que ese enfermo venga a decirte algo sobre el comandante Trevott.

JASPER ríe.

JASPER: Señor, el agente Ryze solo se acuerda de mí cuando llega el homenaje anual a mi padre.

Pausa. DESMOND ríe.

DESMOND: ¿Me lo dices en serio?

JASPER ríe.

JASPER: Sí. Y lo prefiero así.

DESMOND: Será… ¿Sabes, Jasper? La paliza que me propinó fue en tu nombre. Parecía que defendiese tu nombre a capa y espada. Había verdadera ira en sus golpes. Pensaba que te consideraba una especie de hijo y que por ello se ensañó conmigo.

JASPER: Supongo que lo que necesitaba era una excusa para ensañarse, señor…

DESMOND ríe.

DESMOND: ¡Y tanto que sí! El muy desgraciado loco… Chiflado. ¡Esa es la defensa de nuestro pueblo! Un asesino de prostitutas. Estamos condenados, Jasper.

JASPER: Siento mucho que le hayan hecho eso por mi culpa, señor.

DESMOND: Llámame Desmond, ¿quieres? Y no te preocupes, Jasper. Te contaré un secreto. Los puñetazos y las patadas solo te rompen huesos y los huesos se curan con el tiempo. Sin embargo, las malas palabras te fracturan el alma. El alma es de cristal. Millones de fracturas y estallará en mil pedazos. Que me dé las patadas que quiera.

Silencio. Ambos sonríen.

JASPER: Está chiflado.

DESMOND: ¡Como una cabra montesa!

JASPER: Como una auténtica cabra. *(Pausa).* ¿Puedo tocar el árbol, Desmond?

DESMOND: Por supuesto, chico. Adelante.

JASPER va al árbol. Lo toca.

JASPER: ¿Qué clase de árbol es? ¿Un roble?

DESMOND: Es un cerezo.

JASPER: Qué cerezo más grande…

DESMOND: Sí.

JASPER: Es extraordinario. ¿Cómo sabe que es un cerezo?

DESMOND: Lo sé. Algún día florecerá. Estoy seguro.

JASPER: Si eso ocurre, subiré con usted. Nos tumbaremos a la sombra de sus flores.

DESMOND: Trato hecho, chico.

JASPER: He de irme. El frío comienza a ser más intenso. Cae la noche. He de hacerle la cena a mi madre.

DESMOND: Está bien, Jasper.

JASPER: ¿En paz?

DESMOND: En paz.

JASPER: Y, Desmond, si algún día tiene la oportunidad de devolverle esos puñetazos a Ryze, dele alguno de mi parte.

DESMOND ríe.

DESMOND: No merece la pena. No quiero ensuciarme las manos con esa alma manchada de sangre y barro.

JASPER ríe.

JASPER: Estúpido chiflado.

DESMOND: ¡Cabra montesa!

JASPER: ¡Cabra montesa! *(Ríen)*. Buenas noches, Desmond. Es agradable hablar con usted, tiene buena conversación.

DESMOND: Lo mismo podría decir yo, Jasper. Buenas noches y que aproveche la cena.

JASPER: Gracias.

JASPER sale. DESMOND se gira al árbol.

DESMOND: ¿Estoy acaso delirando? Por primera vez entiendo de verdad el significado de «reír por no llorar». Sabía que Ryze era un patán, pero no esperaba que fuese un chiflado. No lleva sangre en las venas. *Mon frère,* las manos manchadas tras salir de un prostíbulo. ¿Qué quiere decir eso? ¿Qué clase de perversiones atravesarán su mente? Es un hombre al que temer. Disfruta mintiendo. Torturando. Matando. *Mon frère,* el pueblo está en manos de quien debería ir al calabozo. O a esta fosa. *(Pausa)*. Jasper no es mal chico a fin de cuentas, ¿verdad? Anoche se erizaron todos los nervios de mi cuerpo al verle con una navaja cerca de tu tronco. Pero ahora sé que es buen chico, no pretendía hacer ningún daño, solo buscaba perdurar. *(Pausa. Se asoma a la fosa)*. Hombres, mujeres, niños… Y el alcalde. *(Pausa)*. Estamos llenando cielo e infierno, *mon frère*. Pronto los muertos se levantarán si deja de existir camino a su descanso.

Escena IV

Casi de noche. DESMOND *bien abrigado sentado en una lápida. Aparece* CUERVO.

CUERVO: Hola, Desmond.

DESMOND: ¡Niño Cuervo! Es muy tarde para ti. Deberías estar acostado ya.

CUERVO: Y lo estoy.

DESMOND: No lo estás. Estás aquí.

CUERVO: En la cabeza de mi madre estoy acostado. Y en la de mi profesor seguro que también. Así que ya son dos sitios del mundo donde estoy acostado. En el mío, estoy aquí.

DESMOND: Insisto en que debes irte. Si alguien te viese aquí arriba a estas horas... No saldríamos bien parados ninguno de los dos.

CUERVO: ¡Pero yo quiero estar aquí! Dijiste que podía volver.

DESMOND: Has tardado mucho en volver, Niño Cuervo. ¿Por qué no vienes mañana?

CUERVO: Porque mañana es domingo y mamá quiere que vayamos a la iglesia. Y luego nos pasamos el día juntos y me cuenta historias con las que ella llora y yo no entiendo.

DESMOND: ¿Qué tipo de historias?

CUERVO: Historias de papá. No sé. No me acuerdo de él. Murió en la guerra.

DESMOND: Ya veo. *(Pausa).* Da lo mismo, Niño Cuervo. Si no es mañana, será el lunes. Yo no me moveré de aquí. Puedes venir cuando quieras.

CUERVO: Quiero ahora.

Noche. Un trueno.

DESMOND: ¡Mira! Está a punto de llover, y ya ha anochecido. He de encender los candiles.

DESMOND va a encender los candiles. CUERVO no se mueve.

CUERVO: Hoy casi veo al cuervo.

DESMOND: Tienes que irte, muchacho.

CUERVO: Creo que se escondió dentro de mi armario. Saqué toda la ropa para buscarle, pero ya no estaba. Luego miré a mis juguetes y los agité para ver si se había disfrazado. No lo había hecho.

Llueve.

DESMOND: Están cayendo las primeras gotas. Ve a casa, Niño Cuervo.

CUERVO: Luego mamá entró en mi cuarto y me gritó. Decía que estaba todo hecho un desastre. Le dije que estaba intentando atrapar un cuervo y luego me dijo que el único cuervo allí era yo y que recogiese inmediatamente si no quería que me diese un sopapo.

DESMOND: Ve a casa, chico. No deberías estar aquí, me parece que... Diablo. Viene alguien. Corre, Niño Cuervo, escóndete.

CUERVO: ¿Dónde me escondo?

DESMOND: Dentro del cerezo. Ve. ¡Rápido!

CUERVO se esconde en el gran hueco del árbol. DESMOND entra en la cabaña corriendo, sale con el fusil. Se apoya en una lápida cercana al árbol. RYZE aparece en escena. En la mano derecha, un candil. En la mano izquierda, el revólver. En el hombro, un gran bulto con algo clavado. Está envuelto en sábanas. De una sacudida, suelta el bulto a sus pies.

RYZE: Ha llegado Mylo, Desmond.

DESMOND atónito. Se le cae el fusil.

RYZE: No quería bajar de la carretilla. Nos gruñía y nos ladraba. Nadie podía tocarle. Así que... (*RYZE apunta con su revólver a DESMOND. Imita el sonido de una pistola*). Disparamos. Era un peligro, Desmond. Había que hacerlo, entiéndalo. (*RYZE se agacha, coge el bulto y lo lanza a los pies de DESMOND*). También van ahí sus guantes nuevos. No sé si los ve. La verdad es que no tenía manos suficientes para llevarlo todo, así que los clavé con hierros al chucho. No le importa, ¿no? Oh, tranquilo, ya estaba muerto. No sufrió. Una pena, lo hubiese disfrutado.

DESMOND está arrodillado en el suelo. Perplejo. Destrozado.

RYZE: Una última cosa antes de irme, Desmond. El alcalde ha muerto. Seguro que esta mañana lo tiraste a esa fosa sin si quiera pensar que lo hacías. A tu querido alcalde. Ahora yo soy el alcalde. Yo soy el brazo de la Ley y el cuerpo entero. Mañana volveré por aquí. Su insulto al comandante Gregor Trevott no quedará en el aire.

DESMOND: ¡Monstruo!

DESMOND sale corriendo hacia RYZE. Olvida el fusil, lo olvida todo. RYZE alza el revólver. Apunta a su cabeza. Percute el arma. DESMOND frena. La lluvia arrecia.

RYZE: ¿Está seguro, Desmond? ¿Está seguro de que soy yo el monstruo? No hay espejos en ese cuchitril que tiene por cabaña, ¿verdad? Nadie en este dichoso pueblo le quiere. Hasta las prostitutas le rehuirían. *(Pausa)*. Recuerde Desmond, esto es solo el principio. *(Pausa)*. Repita conmigo, Desmond: «viva la lucha de Trevott en los Hoyos». *(Pausa)*. Vamos, Desmond. *(Dispara al aire)*. ¡Repítalo!

DESMOND: Viva la lucha de Trevott en los Hoyos.

RYZE: ¡Estupendo! Ahora diga: «soy un pobre desgraciado al que nadie quiere». *(Pausa)*. Desmond.

DESMOND: Soy un pobre desgraciado al que nadie quiere.

RYZE: ¡Muy bien! Y lo último: «no merezco que me miren, que me hablen, que me quieran». *(Pausa)*. ¿De veras? *(RYZE percute el arma)*.

DESMOND: No merezco que me miren, que me hablen, que me quieran.

RYZE: Buen chico. Nunca olvides nada de eso.

DESMOND tiembla de pies a cabeza. Ira. RYZE comienza a salir, sin dejar de apuntar.

RYZE: Buenas noches, Desmond. Mañana nos veremos de nuevo. No te canses cavando. Oh, y mi más sinceras condolencias. Te acompaño en el sentimiento.

RYZE sale. DESMOND vuelve al cadáver de Mylo. Quita los guantes clavados en el animal. CUERVO sale. Llueve.

CUERVO: Solo duerme, Desmond. Duerme.

CUERVO abraza a DESMOND. DESMOND llora.

DESMOND: Ve a casa, Niño Cuervo. Ve. Necesito estar a solas con Mylo.
CUERVO: Ese agente es malo. Hay gente mala.

DESMOND no contesta. Solo mira al cadáver. CUERVO sale.

DESMOND: Mylo… *Mon frère…*

DESMOND coge a Mylo. Se pone en pie. Es una figura imponente.

DESMOND: Cuídalo bien, *mon frère*. Cuídalo bien.

DESMOND deja el cadáver de Mylo en el interior del árbol. Entonces, entra él. Tose un par de veces. Duerme toda la noche dentro del árbol, apoyado en Mylo. Llorando en silencio.

ACTO III
PÉTALOS Y AIRE

Escena única

Día. DESMOND tose. Sale del interior del árbol. Suenan campanas de iglesia. Mira a Mylo. Le da un ataque de tos. Vomita. Gime de dolor. Se toca la cara.

DESMOND: Oh…

DESMOND tiene la mitad de la cara gangrenada, dándole un aspecto hostil y enfermo. Es la Marca.

DESMOND: Oh…

Se gira al árbol. Tose. Se arrodilla en el suelo.

DESMOND: No puede ser, *mon frère*… No puede acabar así…

DESMOND tose.

DESMOND: Mylo… ¿Has sido tú?

DESMOND se arrastra entre las lápidas al único rayo de sol en ese momento.

DESMOND: *Mon frère*… ¿Quién de todos habrá sido? ¿Hay un culpable entre los muertos o….? *(Ataque de tos)*. ¿O entre los vivos?

DESMOND intenta incorporarse. Se cae. Tose.

DESMOND: Es inútil. Estas fiebres… Hoy yo soy los Grandes Hoyos. Mi cabeza…

DESMOND delira.

DESMOND: Si la lluvia vuelve, dile que no me lleve. Dile que no me lleve.

Aparece JASPER.

JASPER: ¿Desmond?

DESMOND: ¡No! No entres, chico. No se te ocurra entrar.

JASPER: ¿Qué ocurre?

DESMOND: El final, Jasper. El final. *(Tose)*. La Marca.

JASPER: Desmond…

DESMOND: Ve, lárgate. No te contagies.

JASPER: ¿Cómo voy a dejarle ahí tirado?

DESMOND: No merezco que me miren, que me hablen, que me quieran.

JASPER: ¿Qué dice?

DESMOND: ¡Viva la lucha de Trevott en los Hoyos!

JASPER: Está delirando, Desmond.

DESMOND tose.

JASPER: Escuche, Desmond. No sé qué pasa en el pueblo, pero hay mucho movimiento. Se está movilizando al pequeño escuadrón militar. Ryze los está organizando. He venido corriendo a avisarle.

DESMOND: ¿Qué hora es, chico?

JASPER: Media mañana. No sé cuánto tardarán en subir.

DESMOND: Media mañana, media manzana.

DESMOND ríe.

JASPER: Desmond… No me voy a ir. No le voy a dejar aquí.

DESMOND: Si te acercas, te mato.

JASPER: Lo sé. ¿Puedo entrar en su cabaña, Desmond? No me pienso ir de aquí.

DESMOND: ¿Por qué eres así?

JASPER: Porque es usted el único buen hombre en medio de todo este desastre. Porque es un héroe de guerra.

DESMOND tose. Ríe.

DESMOND: Un muerto con galardones.

JASPER: Desmond, voy a entrar en su cabaña. Algo va a pasar. Lo presiento. Ryze está moviendo a medio pueblo.

DESMOND ríe.

DESMOND: ¿Cuánto es la mitad de la mitad, *mon frère*?

JASPER: ¿Cómo? ¿Cómo me ha llamado?

DESMOND: Significa «hermano mío».

JASPER: Oh… Gracias, Desmond. Me ocultaré hasta que pase… Algo. Me siento a las puertas del prostíbulo aquella noche. Desmond, no está solo… Hermano.

DESMOND ríe. JASPER se oculta en la cabaña. DESMOND tose. Vomita.

DESMOND: *Mon frère*, ¿quién estaba ahí plantado? ¿Era mi padre o era la muerte? Diablo.

DESMOND ve a Mylo. Llora. Tose. El coro de la iglesia. El órgano de la iglesia.

DESMOND: ¿Dónde estás, Mylo? ¿Dónde…?

Alboroto en los alrededores del cementerio. La voz de RYZE desde fuera.

RYZE: ¡Desmond! ¡Ha llegado la Muerte!

DESMOND: Que me acoja y me abrace.

RYZE: Salga del cementerio, Desmond. Está rodeado de agentes de la guardia. No tiene escapatoria. Salga de ahí, vayamos por el buen camino.

DESMOND tose y vomita.

RYZE: ¡Vamos, Desmond! Lo único que queremos es que se vaya. Debemos realizar una fosa común de dimensiones titánicas. Esta enfermedad es peligrosa, Desmond. El alcalde y yo discutimos en su momento, junto con el médico, varias formas de frenar esto. Ninguno de ellos estaba de acuerdo conmigo. Pero ahora ninguno de ellos está entre los vivos. Hay que purgar la Marca, ¿sabe, Desmond? Hay que purgarla antes de que siga creciendo. Esta enfermedad se va a llevar a mucha gente, Desmond, y necesitamos una buena fosa para todas esas buenas personas. Y usted, amigo, está en el medio.

DESMOND: ¿A mí también me van a purgar?

RYZE: Eso depende, Desmond. ¿Está usted enfermo?

DESMOND: No.

Vomita.

RYZE: Debí traerle esos guantes mucho antes. Sí, Desmond, también tendremos que purgarle a usted.

DESMOND: Ryze, no me tome el pelo. Usted mismo lo dijo. Solo necesita una excusa para asesinarme.

RYZE: Desmond, no soy un asesino. Soy un hombre de la Ley. Nunca le hubiese disparado si no fuera estrictamente necesario. Comprenderá que, dadas las circunstancias, todos los enfermos han de ser erradicados.

Suena el coro de la iglesia.

SOLDADO: Señor, ya están listos.

RYZE: Gracias, Johan. Aguarden órdenes. ¡Desmond! Le prometo que no le haremos daño. Salga y será un tiro limpio y certero. Como cazar a un cervatillo asustado.

DESMOND: ¿Por qué no entra a por mí, Ryze? ¿Tiene miedo?

RYZE: No pienso contagiarme, Desmond. Me queda mucho por vivir.

DESMOND: ¿Qué pasa con el cerezo?

RYZE: ¿Qué cerezo?

DESMOND: El árbol, Ryze, ¿qué van a hacer con él?

Pausa. RYZE ríe.

RYZE: Leña, Desmond. Leña.

Silencio. DESMOND coge el rifle. Mira al árbol. Mira a Mylo.

DESMOND: Tengo unas fiebres terribles, Ryze. No me puedo poner en pie.

RYZE: ¿Prefiere que le dejemos morir de forma dolorosa y lenta? Estamos siendo misericordiosos con usted, Desmond. Un disparo y todo habrá acabado.

DESMOND respira. Tose.

DESMOND: Diablo… *Mon frère,* disfruta del espectáculo. ¡Ryze! Hagamos un trato.

RYZE: ¿Qué trato, Desmond?

DESMOND: Lléveme a la eterna sombra si quiere, en el fondo no me queda mucho tiempo. Le pido a cambio que espere a que este árbol florezca para talarlo. Cuando lo haga y vea las flores de cerezo, entonces no podrá usar filo alguno contra su tronco. Estará usted maravillado.

RYZE: Desmond. Usted, su cementerio, sus libros y su maldito árbol, me traen sin cuidado. ¡Agentes, apunten al deforme!

DESMOND: ¡No pienso dejar que acabéis con lo único que me queda en este mundo!

DESMOND se asoma. Dispara. Un disparo impacta en una lápida cercana. Un soldado grita.

RYZE: Santo Dios. ¡Llévense a este hombre! ¡Buena puntería, Desmond!

DESMOND: No crea, Ryze. Le apuntaba a usted.

DESMOND se asoma. Dispara. DESMOND tose. Vomita.

RYZE: ¡Desmond! Está usted enfermo. Es cuestión de tiempo. Y no es usted hombre de guerra. Deje que acabemos con esto.

El coro de la iglesia sigue cantando.

DESMOND: Ryze, la pólvora y el acero solo dañan el cuerpo. Mi alma es eterna.

DESMOND se asoma. Dispara. Impacta en RYZE. RYZE grita.

RYZE: ¡Maldito deforme! Me ha dado en el hombro.

Desmond ríe. Tose. Suena el coro de la iglesia.

Desmond: En cuanto salga, le daré en la cabeza, agente.

Ryze: Eso lo veremos, cerdo.

Jasper sale de la cabaña.

Jasper: ¡Paren esta desfachatez! Agente Ryze, deténgase.

Ryze: ¿Jasper? ¿Qué haces aquí?

Desmond: Jasper, huye.

Jasper: En nombre de mi padre, agente Ryze, del comandante Gregor
Trevott, le pido que se detenga.

Pausa.

Ryze: No puedes hacer eso, Jasper.

Jasper: Usted tampoco puede hacer esto.

Ryze: Niño, sal del campo de batalla o me veré obligado a pedir a mis
hombres que disparen.

Jasper: No me moveré de aquí.

Desmond: Chico, ve.

Jasper: ¡No!

*Jasper se abalanza sobre el rifle de Desmond. Se lo arrebata. Apunta a los
alrededores del cementerio.*

Jasper: ¡Váyanse! ¡Lárguense de aquí! Juro por Dios que abriré fuego, juro
por la memoria de mi padre que defenderé a este hombre con mi vida
si es necesario.

Ryze: ¿Por qué, Jasper? ¿Por qué defender al hombre que te disparó?

Jasper: No lo entiende, agente. Este es un buen hombre. Es, quizá, el único que
he conocido en años. Si ha de morir, que se lo lleve la Marca, no usted.

Desmond: Chico…

Desmond tose.

JASPER: Agente, márchese. Deje morir a este hombre en paz.

JASPER se pone frente a la lápida en la que se oculta DESMOND. Apunta a sus alrededores.

JASPER: ¿Prefieren ser hombres de honor o prefieren pasar a la historia como el escuadrón que asesinó al hijo de Gregor Trevott, héroe de los Hoyos?

Pausa.

RYZE: Deshonras a tu padre.

JASPER: Deshonras a la Ley.

RYZE: Nunca te importó lo más mínimo la Ley ni la guerra.

JASPER: A usted tampoco, agente.

Pausa.

SOLDADO: ¿Señor? ¿Órdenes?

RYZE: Salgan de aquí, muchachos. Dejen que estos diablos agonicen entre tumbas. Que la putrefacción de sus alrededores les abrace el corazón. Continuemos con la misión. Diríjanse todos a la iglesia.

Alboroto. Silencio. JASPER llora.

JASPER: Creía que… Creía que…

DESMOND: Nunca te dispararían, Jasper. Les importa más lo que significas que lo que eres. Siempre ha importado más.

DESMOND tose.

JASPER: Desmond…

JASPER se acerca a DESMOND.

DESMOND: ¡No! ¡No! Vete, chico. Moriré aquí y si te acercas, te arrastraré conmigo. No podemos perder un buen corazón como el tuyo.

Pausa. DESMOND tose.

DESMOND: ¿Por qué, Jasper? ¿Por qué estás dispuesto a dar tu vida por mí?

JASPER: No lo sé. Es usted bueno. Y todo esto es una locura. Ryze es un mal hombre. Pero lo más importante es que tiene usted algo distinto.

DESMOND: Un bosque en mi boca.

JASPER: No, Desmond. Tiene el cuerpo hecho de flores. Supongo que nadie quiere ver cómo la naturaleza arde.

DESMOND vomita.

DESMOND: No dejes que los cuervos devoren mi cadáver, Jasper.

JASPER: Jamás.

DESMOND: Ve. Déjame morir.

Pausa.

JASPER: Montaré guardia en la puerta del cementerio. Por si vuelven. *(Pausa).* Hasta siempre, Desmond.

DESMOND: Que pasen muchos años hasta que volvamos a vernos, amigo.

JASPER sonríe. Sale. DESMOND se arrastra hasta el interior del árbol.
Se oyen ruidos de soldados alrededor de la iglesia. Suena el órgano. La voz de Ryze gritando órdenes. Una matraca de disparos al interior de la iglesia. Los gritos de los inocentes. Luego, silencio.
DESMOND tose. Grita.

DESMOND: No puedo más, *mon frère.* Ha ganado. El mundo ha ganado. No he podido seguir jugando a su juego.

DESMOND abraza el cadáver de Mylo. Se arrebuja.

DESMOND: Diablo, *mon frère…*

Silencio. DESMOND adormilado. Vuelve la fiebre.

DESMOND: *Mon frère...* Conviértete en el oasis del desierto. Sé la luz en el camino. Guía a esta gente... Lucha con el bien.

DESMOND tose.

DESMOND: Úsame para vivir, *mon frère.* Usa mi sangre para florecer.

DESMOND cierra los ojos. Muere.
Al rato, pequeñas flores blanquecinas y rosadas comienzan a aparecer una por una. Al principio son pequeñas salpicaduras. Luego es una tormenta de flores. La copa entera del árbol se ha convertido en blanco y rosa.
CUERVO entra corriendo en el cementerio. Está lleno de sangre. Llora. Jadea. JASPER entra corriendo.

JASPER: ¡Niño, no entres!
CUERVO: Mi madre. Mi madre. Mi madre. Mi madre.
JASPER: ¡Niño! ¡Mírame!

CUERVO se da la vuelta. Ojos vacíos.

JASPER: ¿Has conseguido escapar de la iglesia?

CUERVO no contesta.

JASPER: Soy de los buenos, niño. No te voy a hacer daño.
CUERVO: Mamá está... ¿Muerta?

JASPER abraza a CUERVO. Lloran.

CUERVO: ¿Dónde está Desmond?

Se giran. Miran las flores del cerezo.

JASPER: Ahí.
CUERVO: Es...
JASPER: Un cerezo.

Oscuro

ÍNDICE

Principado de
Asturias

Primera edición: junio de 2025

Todos los derechos reservados

Promueve:
Consejería de Ordenación de Territorio, Urbanismo,
Vivienda y Derechos Ciudadanos del Principado de Asturias
(Dirección General de Juventud)

Edita:
Consejería de Ordenación de Territorio, Urbanismo,
Vivienda y Derechos Ciudadanos del Principado de Asturias
(Dirección General de Juventud)
y Ediciones Trabe

© Diego Lombardía, 2025
© de la edición: Ediciones Trabe S. L.
Fernando Alonso, 17 - bajo derecha - 33009 Oviedo
Teléfonos: 985 208 206 // 684 626 445
www.trabe.org
ediciones@trabe.org

Ilustración de cubierta: *Cementerio colonial en Lexington*, Childe Hassam, ca. 1891.
Pastel, 45,1 x 55,3 cm, Smithsonian American Art Museum
Fotografía del autor: Nuria Vizcaíno
Corrección de textos: Esther Prieto

Impreso en Asturias

Depósito legal: As-00109-2025
ISBN: 978-84-10345-60-7